아침달 시집

# 그 여자 이름이 나하고 같아

이영주

시인의 말

언니는 말했다.
괜찮아.
죽고 싶은 사람 많아.

상처는 우리의 자연.

고통에 여백을 주자.

2022년 11월
이영주

# 차례

## 부록

# 친분

병원에 간다.
친한 사람을 찾고 싶다.

희미한 냄새가 혈액 안으로 가득 찬다.
부풀었네요.

친한 사람으로 가득 찼으면 좋겠다.
이 병원이

하나같이 절룩거리고
하나같이 얼굴이 무너진 자들

입원 기간 내내 한 침대를 쓰던 사람이 복도 끝에서 손
을 흔든다.
오랜 숲을 걸어와

이 황야에서 아름다워지려 한다.

죽음을 빛나게 하려면 어떻게 해야 하죠

내 혈액이 모든 것을 먹어치우고

흐르다가 어딘가에 낀 껍데기를 빼내려고

서로를 찌르고 있다.

희미하고 두려운 냄새가 가장 가까이에 있다.

병원에 있는 친한 사람과
친한 사람 사이에

# 점성술

끝나지 않는 두통 때문에 우리는 각자 다른 곳에서 울었다. 서로 알지 못했고 서로에게서 멀리 벗어나 있었는데. 그는 내게 태어난 이유를 물었다. 아무도 알지 못하는 그런 질문은 매우 신비롭다고 생각했지. 너무나 끔찍하다고 생각했지. 그는 가끔 길거리에 주저앉기도 한다. 나는 그와 나란히 길에 있지만 우리는 다른 곳을 볼 때가 많다. 너는 돌에 집착하고 있다고, 너라는 광부는 한때 생존했던 유기체들의 과거 유물을 지상으로 옮겨오는 역할을 하는 사람이라고 그는 내게 적어주었다. 요약하자면, 지적인 헌신이야. 이런 것은 음악으로 옮겨 적어야 하는데, 다른 사람들의 두통을 앓느라 음악이 흘러들 새가 없구나. 그는 내게 두통과 상관없는 처방전을 써주고 음악이 없는 자신의 집 안으로 들어갔다. 행성이 너무 빠르게 돌고 있어서 자꾸만 충돌한다고, 죽음과 삶의 경계에서 태어나 이동 중이라고, 귀가 너무 크게 열려 있어서 모든 소리가 폭발한다고, 그는 내게는 들리지 않는 음악을 흘려보내고 간판의 불을 끄고 집 안의 깊은 내부로 들어갔다. 버려진 숲처럼 사방에 푸른 돌이 깨져 있었다. 나는 근원이 깨져 있는 내가 마음에 들었다.

# 불쏘시개

양초가 가득한 방에 심장을 묻고 천천히 촛농이 되어가는 소설을 읽은 적이 있다. 그런 내용은 없었지만 나는 열여덟 살이었고 그런 것은 중요하지 않은 채 굳어갔다. 게보린이라는 오래된 노트가 떡 진 나의 흉터를 내내 바라보고 있었는데 조금씩 흘러내리는 뜨거운 살이 흉터 없이 사라지려면 무언가를 쓰지 않아야 한다는 것을 알았다. 그러나 이것도 게보린에 쓰였다. 방 안에 넘쳐흐르는 패배자의 심정에 대해, 그 심정에서 나는 악취에 대해 이상한 문장으로 써보려고 했다. 눈이 멀어서 아무것도 보이지 않았으므로 코는 점점 커졌고 모든 것이 밑으로 떨어져 밑의 바깥으로 번져가는 동안 코만 남을까 봐 걱정스러웠다. 소설 속의 여자 주인공은 천천히 걸어 나와 라이터로 내 코에 불을 붙였다. 여기에서 냄새가 제일 많이 나네. 검은 우산을 쓰고 그녀는 자기 코를 감싸 쥐었다. 이 더러운 냄새는 불태우면 좋아져. 나는 눈을 뜨고 눈이 먼 자. 그녀를 향해 뭉툭한 팔을 뻗어보았고 재처럼 좋은 냄새를 만질 수 있었다. 너무 깊게 읽지 말고, 너무 동화되지 말고, 너무 매혹되지 말고, 너무 사랑하지 말고. 형태가 없어진 내 귀에 대고 속삭이던 그녀는 녹아내리는 자기 심장에 불을 붙이면 살아난다는 것을 알았지만 나에게 자꾸 석유를 들이부었다.

죽을 수 없을까 봐 무서워서 그래. 그녀가 오줌을 싸며 조금 울었다. 시작도 하지 않았는데 실패할 수 있으니 얼마나 다행인가, 나는 그런 생각을 하며 바깥으로 빠져나가는 오줌 소리를 들었다. 교장이 아끼는 붉은 맨드라미를 뽑고 싶다는 충동은 단순히 징그러운 것에 대한 패배의 심정인가, 게보린에 쓰지 못한 내용에 그녀가 인주를 잔뜩 묻혀 도장을 찍었다. 교장은 방문을 벌컥 열고 들어와 교지에 실린 나의 시를 쫙쫙 찢었다. 이 건방진 마귀 같은 게! 교장은 내게 놀라운 별명을 붙여주고 마구 웃다가 방 안에 숨겨진 절벽 밑으로 떨어졌다. 나의 몸에서 석유가 흘러나왔다. 누구나 타인에게 자기 자신을 말하는 법이지. 검은 태양이 이곳으로 떨어지고 있었다. 그녀는 나의 이마를 쓸어주며 말했다. 너는 열여덟이지만 덩어리진 너의 모든 것이 평생 불쏘시개로 쓰인다는 것을 알 수 있을 거야. 평생 같은 건 없지만 순간이 내내 이어질 거야. 주인공은 죽지 않지만 주인공은 죽게 될 거야. 그녀는 펄펄 끓는 난로에 원본을 집어넣었고 그녀의 심장이 불타오르기 시작했다. 눈이 먼 나는 석유를 핥으면서 이빨이 잔뜩 난 식물들이 불길 속에 던져져 있는 것을 보았다. 처음부터 패배를 배운다는 것이 얼마나 놀라운 일인지에 대해 나는 생각했다.

천천히 기어가 방 밖에 버려진 양초들을 모두 주웠다. 아무것도 보이지 않았지만 소설의 첫 페이지를 읽었다.

# 고적운

구름을 묘사하시오 엷은 판자나 둥그스름한 덩어리 또는 롤 모양의 조각들이 모여서 된 백색이나 회색 덩어리 양 떼가 공중을 밟고 지나가죠 나는 그때 공중처럼 부드러운 것에 짓밟히는 기분으로 열아홉을 보냈죠 만져지지 않는 것을 묘사하느라 공책을 접으며 저절로 몰두하게 되었는데 얼굴이 검게 물든 양 한 마리가 떼에서 떨어져 나왔죠 이 구름이 물방울로 되어 있다고 하는데 나는 자꾸 미끄러져 울게 돼 비가 오고, 양처럼 가느다란 목소리였죠

극한 기온으로 떨어질 때 얼음으로 된 구름은 무엇인가 그럴 때 나는 친구와 얼어붙은 공중 정원에 버려진 신발이 되었죠 슈즈는 복수형 우리 내부에서 버려진다는 것의 달콤함에 이미 몰두했던 열아홉이었죠 양은 어떨까 사람이 좋고 사람이 싫을까 우리는 하얗게 피어오르는 서로의 털을 빗으면서 낄낄거렸는데 과학 시험 답안지는 텅 비어 있었습니다 어차피 세상에는 지옥 개들이 들끓을 테지 우리는 순한 털을 계속 움켜쥐고 놓지 않았죠

네가 뭘 좋아하는지 알아 선생님은 신발을 구겨 신고 답안지를 찢었습니다 아무것도 적지 마라 이 떼에서 떨어

져 나와 지상으로 뚝 떨어진다는 것을, 피 흘리는 양 한 마리 된다는 것을 알고 있잖아 공중의 신이 문을 닫으면 너는 순한 양의 얼굴로 창문을 열겠지 대기가 불안정할 때 두꺼운 양떼구름이 지나가고 비는 오지 않는다 선생님은 종이 울리자 찢어진 답안지를 짓밟고 공중으로 나아갔죠 우리는 구겨진 채 웃었습니다 언젠가 끝나겠지 절벽에 선 양

# 내 친구 타투이스트

죽어 있는 사람을 바라보고 있습니다. 꿈이라고 시작하면 어떨까요. 나는 흰 밀가루를 뒤집어쓰고 있었습니다. 죽은 사람에게 다가가려면 꿈이라는 유령이 되어야 할까요. 심장 근처에 새겨진 동그라미 문신. S는 이제 지우지 않아도 됩니다. 문신이 늘어나는 일은 없겠죠. 영원이란 그런 것인가요. 함께 책을 읽게 된 순간부터 우리는 늙었습니다. 우리의 치마를 들춰내는 같은 반 남자아이들보다 복잡했죠. 수치심이라는 단어를 배웠습니다. 손에 묻은 흰 가루를 털고 아이들이 깔깔거렸습니다. 공중에서 밀가루가 떨어지면 죽은 사람도 눈에 띕니다. S는 홀로 바닥에 앉아 있었습니다. 아무도 보지 못했습니다. 당번인 나는 운동장에 흰 선을 그리고 배구공을 던졌습니다. 죽었어! 비명처럼 나는 이 말을 사랑했습니다. 죽은 사람들이 바깥으로 밀려납니다. 죽었어! 나는 죽은 사람들을 밀치고 더 넓은 바깥으로 밀려갑니다. 보이지 않는 S의 체온이 나를 따뜻하게 감쌌습니다. 성당에 가면 죽은 사람들이 살아났습니다. 엄마는 울고 있는 내 머리통을 배구공처럼 쓰다듬곤 했죠. S는 낡은 체육복을 벗어 던지고 불에 탄 신발을 신습니다. 가볍습니다. 흩날리는 자세로, 어리지만 늙은 유령들에게 공을 던집니다. 미쳐버릴지도 몰라. S는 살아 있는 동안 지하 방에 있었습니다. 밑으로 내려가는 일이 자기에게 어울린다고 말했습니다. 시간은 멈추는 것일까요, 타오르는 것일까요. 나는 꿈처럼 S의 주위를 맴돕니다. 오랜 시간이 흐를수록 복잡해서요. 이제 그녀는 움직이지 않는데 자꾸만 어제로 원을 던지고요. 성당에는 오늘도 노래가 울려 퍼집니다. 나는 밀떡을 받아먹으며 움직이는 유령들을 세어봅니다. 이곳은 아름다운데 산 자들이 너무 많습니다.

# 졸업여행

지난겨울 산양이 얼어 죽었어. 표백된 땅. 폭설에 잃어버린 부츠. 재희의 한쪽 발이 투명하게 얼어서 부서졌어.

절뚝거리던 재희는 죽은 산양의 뿔을 만진다. 너의 뿔은 매끄럽고 신비롭구나. 그때 나는 흰 종이로 만든 모자를 쓰고 그 안으로 쑥 들어갔는데.

산악 지대에서 재희는 조금씩 눈이 먼다. 아주 먼 곳까지 산양들을 몰고 다녔지.

지난겨울 나는 끝이 없는 얼음 정원에서 빙글빙글 돌았지. 절룩이며 긴 고백을 했지. 나는 인간이 싫고 멸망을 사랑합니다.

산양의 엉덩이를 툭툭 치면서. 한 번도 본 적 없는 깊은 곳까지 훤히 보이는 순례였는데. 여기는 늑대들이 가득해. 이를 감추고 눈 속을 헤매지.

사냥은 너무 아름다운 이빨로 가득하고
재희는 순례를 멈출 수가 없다.

저녁이 되면 냄새가 난다. 재희는 깊은 눈 속에 코를 박고 쿵쿵거린다. 어디에든 조금씩 고통의 냄새가 나. 뿔을 잡고 황산비가 쏟아지는 겨울 밖으로 가자.

절벽으로 절벽으로

# 사제의 개

신, 괴물, 이방인 다 같은 말인가요? 나의 질문에 노인은 고개를 갸우뚱했습니다. 한평생 너무 깊게 믿어서 이젠 아무것도 모르겠는데. 그는 오래전에 죽었지만 웃으면서 말해주었습니다. 죽고 나니 너무 많은 무늬가 그의 얼굴을 옥죄었어요. 살아 있을 때 이런 무늬들을 조금씩 찢어냈어야 했어. 그는 아무것도 보이지 않았거든요. 내 척추뼈가 한밤을 질질 끌고 다녔습니다. 어둡구나. 그는 공원의 가로등 빛에 둘러싸여 있는 나를 보며 말했습니다. 집에 가면 언제나 이방인이야. 살아 있는 동안 집이란 집은 없단다. 죽으면 생길 줄 알았거든. 나는 그의 속삭임을 듣고 있었습니다. 참으로 답답한 일이죠. 죽어서도 우리는 할 말이 많아요. 그런 게 괴물일까요. 무無로 던져졌는데 무 밖이 있다고 믿었습니다. 없는 것의 밖이 있을까요? 나는 꼬리를 흔들면서 한자리를 뱅뱅 돌았습니다. 침은 참 많은 말을 대신 해줍니다. 공원 바깥으로 천천히 걸어가며 백발의 노인이 외쳤습니다. 신에게도 표정이 있다면 별다를 게 없을 거야. 괴물처럼 보이지. 얼굴에 무늬가 꽉 차 있어. 그는 무늬들을 떼어내느라 여전히 바빴죠. 떠도는 이방인에게 질문이란 어울릴지도 모르겠어요. 그는 매일 울면서 내 등을 쓰다듬었습니다. 왜 하필 나인가. 살아 있는 동안 질문을 버리지 못했습니다. 살아 있는 동안 그는 신처럼 보일 때도 있었습니다. 백발 때문일까요? 흰빛은 늘 그렇게 피를 묻힐 준비를 하고 있습니다. 왜 너이면 안 되는가. 신은 늘 대답 없는 질문을 좋아하고. 교회를 다니던 그의 아들은 찰떡을 좋아했습니다. 사제는 매일 대답을 원해. 아들은 투덜거렸지만 운이 좋았죠. 찰떡을 몰래 먹다가 숨이 막혀 죽을 뻔했으니까요. 흰빛 아래에서 떡이나 먹다니. 집에 가고 싶었지만 나는 괴물처럼 보일까 봐 지도 밖으로 걸었습니다. 노인이 내 옆에 있었는지 잘 기억이 나질 않아요. 살아 있는 동안 그의 눈치를 살피느라 내 꼬리는 몇 백 번씩 부서졌습니다.

# 친구와 적

이 노트에는 환멸이 없기를 바란다고 썼는데, 어느 날에는 미친 듯이 피를 흘렸구나. 아침마다 머리 좋은 사람처럼 긴 욕을 했더니 그녀가 웃었다. 그녀는 만행으로 얼룩진 스타일이었는데 늘 손에 노트를 들고 있었다. 무너진 강의실 구석에서 노트를 껴안고 잠자는 것을 좋아했다.

지붕이 없는 시간. 자연이라고 배웠던 아름다움이 그녀의 등 위로 우수수 쏟아져 내렸다. 이 재난이 재미있니. 나는 중얼거리는 것을 좋아했다. 재처럼 흩날리고 있는 그녀를 자주 흔들어 깨웠고 그럴 때마다 손바닥에 금이 갔다. 나는 재난의 한가운데 홀로 남아 있었다. 그때 모두가 울면서 나를 밀치고 강의실 밖으로 도망쳤어. 노트의 귀퉁이가 불에 탔지. 한 사람을 쪼개서 불쏘시개로 쓸 수 있다.

벽이 없는 곳에서 자면서도 그녀는 벽을 짚었다. 벽난로는 이미 부서졌는데 요즘도 가끔 땔감을 찾으러 간다. 친구 사이는 멀수록 좋은 거야. 그녀는 나무를 쪼개며 말했다. 모두가 오래전에 사라졌지. 나는 천장도 없는 곳에서 코트 안에 블라우스를 입고 홀로 남아 있었다. 폐허는 시간이 지날수록 빛난다고 했는데. 이 탄력 있는 엉망진창을 버리고 그들이 자신의 얼굴을 찾으러 떠났다는 사실을 믿지 못했다. 나는 경계 없는 휘둘림을 사랑하는 유전자를 지녔나 봐. 썩어가는 나의 검은 광택이 부드럽게 흔들렸다. 아무도 우릴 사람으로 여기지 않아. 나는 그녀를 끌어안았다.

그녀는 깊은 잠 속에서 내 말을 지워버리고 우는 듯 웃었다. 불행에도 품격이 있어. 그녀는 무기력한 자신을 사랑했다. 다음 삶으로 넘어가도 노트 하나 바꾸지 못했다. 그녀는 나의 친구. 그리고 적. 친구와 적이 혼동되는 일에는 쾌감이 있었다. 공간이 없었던 인간의 마음에 고통을 밀어 넣었다는 루머가 있었다. 고통은 안으로 들어가는 재능이 뛰어나다고 했지. 그녀는 그런 아름다운 전통은 노트에 적어놓았다. 고통과 만행으로 얼룩지면 나무로 변하는 것이 징벌이래. 그녀는 나를 보며 웃었다. 재난의 마지막을 모두 좋아했다.

# 갱도 체험

세계여, 아직도 망하지 않고 있다니. 너는 실망한다. 엎드려서 굴을 판다. 투명한 삽. 망한 지 오래되었는데, 너는 어느 세계에 있는 거니. 물고기만 물에 있는 것을 모른대. 나는 불타는 삽을 들고서 잿빛 털이 불근불근 솟는 너의 등을 보았다.

우리가 표를 끊고 내려온 이 갱도는 안전하고 환해. 빛나. 디지털 광부 체험도 가능하지. 너는 자꾸만 허공에 굴을 판다. 우리는 무덤 속에 있다. 죽음을 관람하는 중이었다. 탄광은 이제 없어. 검은 돌의 매끈한 시간만이 전시되는구나. 조심하세요. 굴을 파던 사람들의 조각난 뼈가 널브러져 있습니다. 나는 조그맣게 경고문을 읽어본다. 죽은 사람들만 죽은 것을 모른대. 너의 등에서 한기가 올라온다.

한없이 깊고 매혹적인 네 뒷면. 네 심장을 길게 가로지르는 뼈가 있다고 믿은 적이 있지. 갱도에서 올라와 매일 기침을 하고 피 묻은 손수건을 보여주며 웃었잖아. 이 표는 무엇에 대한 지불일까. 모르는 죽음? 깊고 긴 동굴이 되어버린 사람? 어두워서 빛나는 것? 네 심장 속의 덩어리는 아직도 살아 있니.

그 덩어리를 묻어라. 나는 삽을 들고 천천히 네 등을 찍었다. 불을 놓았다. 이미 망한 세상에서 다시 망하기를 기다리는 너는 너무나 아름다워 잿빛으로 덮였다. 네 투명함은 폐망을 비추는구나. 나는 무엇을 질투하는지도 모르고 온몸이 뜨거워졌다.

우리는 모든 것이 끝난 자리가 좋아서 이 굴을 사랑한다. 밖으로 나가지 마. 굴 밖에는 전염보다 더 끔찍하고 화려한 세계가 있지. 마스크를 쓴 모두의 눈이 열리고 침대 위에는 화석들이 나뒹굴 거야.

# 전염

재로 만들어진 도서관에서 책을 훔치고 있었다. 손가락이 닿는 책마다 우수수 흩어졌다. 들킬 일이 없었다. 이 많은 비밀을 어떻게 담아가지. 훔친 책들의 수를 헤아릴 수 없었다. 세상에 없는 도서관이었다. 자꾸만 바스러지는 각인들은 어떻게 하지. 나는 구석에 숨어 있었다. 잠을 잘 수가 없었다. 꿈을 꾸지도 않았는데 사전을 펼쳐 들고 해몽을 찾아보았다. 범위를 정할 수 없는 꿈. 향유가 불가능한 꿈. 해몽 페이지는 찢어져 있었다. 찢긴 꿈으로부터 시작하는 도둑의 하루. 행복한가. 나는 땀을 흘렸다. 한번 수포가 생기면 사라질 수가 없다는데. 시멘트 바닥에 징그러운 물집이 번져 있었다. 읽고 나서 미쳐지지 않는 책들은 모두 버려졌다. 흩어지는 책들을 끼고 천천히 걸었다. 피를 흘렸다. 잿더미 위 붉은 흔적이 남았다. 죽어가는구나. 책을 너무 좋아해서 전염병에 걸렸나. 나와 닮은 노인이 자책하지 말라고 내 머리를 쓰다듬었다. 병든 나는 동그랗게 말려지고 있었다. 신은 종종 피곤한 얼굴. 미친 것들은 모두 깊숙한 창고 안에 숨겨두었다. 어른들은 도서관에 자주 온다. 말 없는 아이들의 자책을 원한다. 병을 원한다. 소모품으로 남아 있길 원한다. 도서관에 숨어 점점 어려지던 나는 투명한 책을 들고 있었다. 울고 있었다. 육체라는 소모품이 모두 녹을 때까지. 도둑이라는 꿈을 포기하고 나자 도서관 문이 보이기 시작했다.

# 여름에 온 마트료시카

거제도에 발을 두고 왔다. 비가 내렸고 산이 무너졌지. 우리는 없는 발을 공중에 띄우고 과자를 씹었다. 하하 호호 낄낄 너무 즐거워. 폭우로 버스는 계속 진창을 파고들었다. 땅 밑이 열리고 있었다. 우리는 우리를 열고 계속 우리를 꺼냈다. 맨 마지막에 있는 게 누구니. 서로를 보며 웃었다. 침이 흘렀다. 누구든 무슨 상관이야. 이미 헝클어진 길이야. 아무것도 기억하지 말자. 그곳에 계속 다시 가면 돼. 죽은 친구와 버스에 앉아 있다. 리넨 재킷을 입고 너는 곧 오백 살이 된다고 너스레를 떨었는데. 철근 공장에서 숨겨진 영혼을 찾다가 발을 갈아 넣었지. 그래도 아프지 않았다. 티타늄은 고통이 없지. 도착할 수 없는 푸른 섬은 점점 더 열리고 있었다. 저곳에서 발이 없는 우리를 꺼내야 하는데. 마트료시카는 텅 비어 있는 예쁜 함정. 끝나지 않는 여름 속에 깊게 파인 구덩이. 우리는 그곳을 너무 오랫동안 팠지. 삽질하다 보니 친구가 되었어. 죽은 자들은 원래 끝이 없으니까. 끝도 없이 우리의 마음을 열고 서로를 꺼내다가. 우리가 미끄러져 가는 모든 길에서 재난 문자가 도착했다. 친구야, 오백 살이 넘어서도 이 악천후는 계속되는 거니. 맨 마지막에 있는 기후는 무엇이니. 너는 티타늄은 그저 피일 뿐이라고, 그 피로 쓴 빛나는 금속이 자신의 말이라고, 아무도 알 수 없는 그 말들은 깊은 여름에도 부식되지 않는다고 웃었다. 버스는 바닥으로 굴러갔다. 우리 펜션에 도착하자 우리는 세계의 끝을 꺼냈다. 천국의 하늘을 창문에 가두었다.

ꔷ 유형진, 「마트료시카 시침핀 연구회 1 - 수은혈 水銀血」 중에서.

# 표백

슬플 때마다 세탁기 안에 들어가 사라진다는 사람 이야기를 들은 적이 있다. 혼자서 삼겹살 일인분을 굽고 맥주한 병을 마시고 불판에 목을 떨어뜨린 사람하고 같은 사람이다. 그루지야공화국에 가서 늙은 병정이 되고 싶다고 말했던 사람. 나는 그녀가 좋다. 이상하고 무섭다. 친구여 낮술에 취해 얼굴이 불타오르는 노인이 춤을 출 때 그 옆에서 같이 어깨를 들썩이지 마. 나는 세탁기 안에서 마르지않은 빨래를 겹쳐 입고 노인처럼 휘적거리는 그녀를 본 적이 있다. 내가 노인이 되었을 때 아무도 같이 춤을 안 춰줄까 봐. 그녀가 말하며 웃을 때마다 희미한 모든 것이 내부에서 시작된다. 홀로 고깃집 불판에서 바닥으로 떨어지며그녀는 얼룩이 되었다. 사람들이 밟고 지나갈 때마다 너는 너무 무거워서 바보 같다. 이상하고 아름답다. 나는 그녀를 보며 중얼거린다. 어지러운 노인처럼 긴 침을 흘린다. 그녀는 먼 곳으로 이사 갈 때 세탁기 하나만 살 수 있었다. 빈 통을 헤집고 나는 내 안에 세제를 풀었지. 그녀가 사라진 봄에 죽은 시간을 열어보면 표백된 꽃잎들로 가득 차있었다. 꽃잎을 다 뒤집으면 징그러운 내부가 올라왔다.

## 스승과 제자


시를 읽다가

불을 피운다
화상으로 인한 상처

선생은 벽난로 안으로 들어갔다

너무 많은 것이 있어 이 안에는
정신적인 고통
흘러내림
흰 이

거실에 남겨둔 빛
천천히 쓸어보는 검붉은 재
다 태우고 가자

선생은
벽난로 안에서 나를 보고 있다

무언가를 써서 건네준다

# 이삿짐

오래전에 숨겨둔 비밀들을 묶었습니다. 내다 버린 줄 알았죠. 나는 한낮 뜨거운 햇살 아래에 서 있었어요. 전봇대 밑에 있었습니다. 이 비밀의 책은 공개되어 버려졌으니 추적이 가능할 것입니다. 그러나 알 수가 없어요. 붉은 꽃이 썩어가는 낡은 표지는 어디서 나온 거지. 처음 보는 나의 비밀. 나는 어지러운 한낮에 책벌레처럼 전봇대 주변을 기어 다녔습니다. 책을 버릴 때마다 너는 코를 움켜쥐었어요. 나는 냄새의 근원을 모르죠. 너는 오래된 집에서 탄생 이전의 글자들을 낚시 끈으로 꽁꽁 묶었습니다. 긴 시간 동안 밟았습니다. 이렇게 글자들이 기어 나오면 살아갈 수가 없으니까. 너는 이집트에서 막 돌아와 처음 만나는 사람처럼 내 안을 구석구석 들여다보았죠. 한 번도 이곳을 떠난 적 없는 나에게 어디서 지냈니, 라고 물었습니다. 흩어져 있는 이 백지들은 뭐니, 라고 물었습니다. 잘게 부서지는 이 돌들은…… 너는 내 안의 시간을 열어 무엇이든 만져보았어요. 나는 네가 돌아와서 없는 시간을 다 휘저을 수 있도록 흉곽을 열어두고 있었어요. 너는 길고 좁은 흉곽 안으로 걸어 들어갔습니다. 그런데 처음 만져지는 이 신비로운 촉감은 뭐지. 나는 네가 코를 훌쩍거리며 저물도록 걷고 있는 내 안의 모퉁이를 모릅니다. 너는 멸망은 현실이라고 말했죠. 탄생 이전의 내 얼굴을 들여다보았습니다. 우리가 함께 읽은 단 하나의 책을 안쪽으로 더 깊게 버리던 날이었습니다.

# 패션

공장이 폐쇄되자 나는 태어났어요. 빛나는 일이었대요.
매일 검은 옷만 입는 노파가 제 귀에 속삭여주었지요. 네
가 태어난 곳은 슬픔의 성城. 괴상하게 생긴 네 몸을 좀 보
렴. 가장 큰 결핍을 잊기 위해 너에게도 영혼이 주어지겠
지. 노파는 거울처럼 나를 비추다가 자작나무 사이로 빠져
나갔죠. 푸른 한기가 돌던 흰 빛에 둘러싸여 눈을 뜰 수가
없었던 늙은 곤충들. 폐타이어가 굴러다녔고 녹슨 가위 위
에서 잎사귀가 썩어가고 있었대요. 사라져가는 빛을 보고
엄마. 나는 제일 먼저 그 말을 했다는데, 이렇게 못생기고
아름다운 살을 던져두고 만져지지 않는 영혼 안으로 들어
가면 어떡해요, 라는 말은 나중에 덧붙였다고 합니다. 그
게 다 계략이지, 거울 안에서 노파의 중얼거림을 들었고
요. 이 공장에는 언니들이 매일 매일 재봉틀을 돌렸다고
하는데, 손바닥에는 붉은 상처가 가득했고요. 졸려 졸려
스스로 고통을 터득해서는 자신을 파괴하는 일에 몰두했
다고 합니다. 이미 백 년 전에 슐레지엔부터 청계천, 구로
까지 전달된 일. 언니들은 아직도 이곳저곳에서 졸다가 울
다가 기계를 돌리다…… 슬픔의 성벽을 잘 쌓고 있나 봐
요. 솜씨가 좋은 분들이니까요. 나는 고작 폐쇄된 공장에
서 태어나는 일에 선수, 탄생의 장인일 뿐이었는데요. 알

몸으로 바구니에 담겨 잎사귀처럼 썩어가고 있었죠. 노파가 주었던 수건을 꼭 쥐고서요. 슬픔에는 냉담하고 노동의 감염에 집중된 성에서 좀처럼 빛날 수가 없었습니다. 이것은 모두 잊힌 이야기인데, 혼자 중얼중얼하는 것도 못생긴 일 중 하나죠. 흰 수건이 점점 더러워졌어요. 자신이 입은 옷처럼 검게 타들어가 밤과 구분되지 않은 노파가 해석된 세계에서는 살 수가 없다, 으르렁거리며 내 살을 물어뜯었고요. 정말이지, 나는 그저 끔찍한 빛이 아름다움의 시작이라는 것을 드러낼 뿐인데요. 왜 이렇게 언니들은 유능한 직조공인 걸까요. 폭동이 일어나 이 숲을 다 태울 때도 언니들은 그을음 속에서 자신을 파괴하고 있었다고 합니다. 성벽이 너무 단단해서 온몸이 상처투성이. 노파는 검은 태양을 끌고 와 내게 흑점을 쏟아부으며 웃었죠. 네게도 죽지 않는 언니들처럼 영혼이 생길 거야. 패션이란 알 수 없는 마음을 가려주는 데에 핵심이 있다고 하는데, 그 끝은 무엇일까요. 언니들은 기계에 기대어 졸면서도 자신의 얼굴을 기웠습니다. 정말이지, 예술가들 아닙니까. 슬픔의 성에서 붉은 옷 한 벌 맞춰 입고 나는 공장 밖을 나섭니다. 뭘 배운 적이 없는데, 잘생겨진 나는 이미 패션의 장인 아닙니까.

# 독서

엄마는 자꾸 내 귀에 대고 말한다
네가 아프니 건강한 사람한테 미안하다

나의 통증이
건강한 사람을 걱정하는 표시라니

엄마의 목소리는 넓고도 넓어서
어느새 실종되어 버렸지

아프게 살아 있는 것이
누군가에게 미안한 일이라면
우리는 서로 너무 미안해서

죽음을 감싸 쥐고 그것에 온 마음을 쏟고

엄마는 평생 읽지 않은 책을
칠십이 넘어서야 읽기 시작한다

내가 할 일은 이제 다 했다 그러니
책을 좀 읽고 싶구나

아픔보다 더 깊은 고요가
이 안에 무겁게 있구나

시간의 안쪽을 들여다보는

엄마의 목소리는 너무 크고 광대해서
잘게 쪼개지며 흩어지고

나는 아픈 엄마보다 먼저 아픈 것이
책을 미리 살아서인가 싶다가도

다른 사람에게 향해 있는 죽음을
내 쪽으로 끌어와
따뜻하게 감싸 쥐고 잠들기 때문인가 싶다가

엄마의 목소리가 사라진 그 자리에서
텅 빈 책을 들고

나는 자꾸 기침하고

# 누군가

아무도 없는데, 전등이 켜졌다, 누구세요? 라고 묻고, 누군가는 웃는다, 이 가벼운 입김은 뭐지, 멀리서, 누군가가 현관을 보고 있다, 누구세요? 발은, 방으로 들어간다, 이 문턱은 깊게 훼손되어서, 아무나 들어올 수 있어, 누구나 들어와서, 뭉개진 발을 올려놓지, 멀리서, 진물이 흐르는 문턱을, 누군가 보고 있다, 조용히 여기까지 걸어왔네, 아무리 가벼워도, 절룩이고, 화농이 부풀어 오르고…… 아무도 없는데, 이런 권태감은 무엇이지, 매번 문턱이 있었고, 닳아 없어졌고, 수만 개의 입김이 둥둥, 그때마다 하급신下級神은 바닥인 인간보다 더 힘이 없지, 전등은 켤 수 있지만, 짓눌러진 발이, 문턱에 걸쳐, 흐르고 있지, 태고부터, 나는 걸어오며 갱신되었습니다, 너무 뜨거운 날에는, 영혼의 진액을 흘리며, 몸속의 돌을 떨어뜨리며, 상한 두부처럼, 문턱에서 으깨어지며, 냄새를 남기며, 누군가에게 다가가려고, 죽어서도, 갱신되었습니다, 아무도 없는, 텅 빈 방 안에서, 의미 없는 불 속에서,

## 솜틀 공장

아버지는 베개를 만들었다. 심장 근처에 부드럽고 하얀 솜이 묻어 있었다. 구름을 끌고 온 자. 흰 뼈가 우수수 떨어졌다. 베개를 나르던 어머니는 자주 몽글몽글한 것들을 토해냈다. 허리를 굽히면 천변의 오리처럼 약한 비명이 울렸다. 저녁이면 공장 안에서 천천히 작아지던 아버지와 어머니는 서로의 마음을 문질렀다. 깃털처럼 숨 막히는 간지러움을 나누었다. 깊은 통증인 줄 모르고 나는 매일 밤 베개를 베고 잠이 들었다. 몰래 돋아나는 젖은 깃을 쓰다듬었다. 악몽은 다정했고 공장 앞 천변에는 가끔 오래된 시체가 떠올랐다. 나는 홀로 긴 잠 속으로 들어가 그들과 인사를 나누었다. 흰 뼈가 개천 바닥에서 굴러다녔다. 아침이면 꿈보다 큰 베개가 내 안으로 배달되었다. 포장을 풀자 점점 부풀어 올랐다. 거대한 구름이 진흙 속으로 떨어졌다. 나는 구름의 꼬리를 밟으며 개천가를 걸었다. 피 묻은 깃털이 흩날렸다.

# 무늬목

우리는 불타는 창고에 있었다

이것은 이미지가 아니다

현실은 합선이고
우리의 뒤통수는 전선으로 연결되어 있다

누군가 덜 마른 합판을 우리 사이에 끼워두었다면
불길이 솟아오르다 겉만 태웠을 텐데

우리는 햇빛 아래서 온몸을 건조시켜 뼈를 드러내는 종족
일하는 종족이다
수분이 부족하지

이것은 은유가 아니고

한동안 창고 안에서 고기처럼 역한 냄새를 풍기며
비틀리다 뒹굴고 기어가다 재가 되고

죽음이란 붉은 빛 속의 혀

물을 마시고 싶었는데

우리는 태양 아래서 온 뼈를 태워
물건을 쌓는 종족
싱싱한 피부가 부족하지

서로 엉키어서 죽었지만
함께 죽는다는 것은 무엇일까
고독은 각각의 죽음 안에

서로가 서로를 뒤덮는 합판이 되어
타오르는 계단이 되어

## 아랍 친구

방에서 책을 찢었습니다. 꿈이었고 내 방이었죠. 알렉산드리아 도서관에 간 적이 있어요. 이번 삶의 마지막 여행지였죠. 그곳에서 코피가 퍽퍽 쏟아졌고요. 한 여자가 나를 보며 울었죠. 너무 많은 공감은 서로를 지옥에 떨어뜨리는구나. 아무것도 모르는데, 내 방에서 히잡을 쓴 여자가 내 책을 들고 있었습니다. 내가 두 번째로 아팠던 장면이 적혀 있었는데. 여자는 모든 것을 가렸지만 웃고 있었죠. 무엇인가를 알게 될까 봐 두려웠습니다. 나는 아랍어로 해몽을 찾아보았어요. 별다른 게 없었고, 좋은 읽기는 미치는 것이라는데요. 여자는 이곳에서 책을 찢었죠. 세상에 없는 방이었습니다. 이런 병에는 완치가 없어요. 감염되었습니다. 좋은 징조라는데. 커다란 책가방을 메고 여자가 방 안의 문을 열고 들어갔습니다. 방 안의 숲에는 절벽이 있습니다. 단순한 행위가 깊이를 만드는지, 푸른 히잡이 가장 깊은 바닥으로 떨어졌습니다. 그곳에서는 함박눈이 내리고 있었어요. 거꾸로 떨어지며 나는 꿈을 훔쳤습니다. 추웠습니다. 내 방이었고요. 얼굴을 다 가린 여자가 웃고 있는 엽서를 주머니에 넣었습니다. 기침이 쏟아졌고 항생제를 먹었습니다. 이런 감염은 건강할까요. 꽁꽁 언 바닥에서 차갑게 식어가는 서로를 얼싸안고

# 한파주의보

아버지는 별자리의 행로를 보고 있다. 그리고 우리의 행로를 다시 부수기 시작했다. 얼음이 많은 아이슬란드로 가야겠다. 나는 폭발하여 빛을 내는 순간 이름이 생겨나는 별을 보고 있다. 나는 탈주하기에 너무 무겁다. 대야 안의 돌. 평생 모르는 사람들이 세수를 할 수도 있겠지. 아버지는 안경을 벗고 어두운 눈으로 투명한 지도를 들여다보고 있다. 저곳으로 넘어가면 폭풍이 올 것 같은데. 세계 대전 동안 군 기상예보관들은 주요 폭풍우에 여자 이름을 붙이기 시작했다고 한다. 아버지 얼음에 빠져 죽은 그 여자 이름은 알지도 못하잖아요. 아니다, 그 여자 이름이 나하고 같아. 푸른 얼음 동굴에 가고 싶다. 아버지는 점점 더 어두워진다. 깊어진다. 바닥으로 들어간다. 오래전에 죽은 북극곰처럼 유빙을 타고 더 추운 얼음 속으로 가려고

# 북극으로


겨울 섬에서 떠날 수가 없어.
얼음밖에 없어.
냉동물이 되고 싶어.

미는 말한다.
야만도 있지.

깨진 유리처럼 맨살이 아프고.
겨울은 야만과 어울리고.
미는 문밖에 서 있다.
부푼 바람 속에서 하얗게 얼어가며 웃는다.
웃는 냉동.

그 모습을 나는 볼 수가 없지.
따뜻한 케이지에 갇혀 생크림을 먹고 있지.
진짜 가고 싶은 곳은 어딜까.
쿵쿵거리며 나는 성에 낀 창문 밖을 바라본다.
사라져가는 미를 본다.
크림을 질질 흘리며 나는 다시 말한다.
내가 있는 섬에는 따뜻한 멸망이 있어.

함께 있을래?

나에게서 오래전에 떠나간 미.
남은 결정체가 툭툭 밑으로 쏟아진다.
부드러운 망국에 가면 미는 녹아버리니까.

훼손된 것도 다정하게 말하면 좋아져.
모두가 좋은 것을 알아.

나는 천천히 꼬리를 흔들며 기어 나온다.

겨울 섬에는 망국의 부드러운 말씀이 필요하다.

문을 열고 털이 빠진 발을 내딛는다.
얼음으로 가득 찬 내 머리를 미가 쓰다듬는다.

# 네 안을 걷다 보면

지하의 사람들은 이곳에 없는 나무에 대해 잘 알고 있다. 아침에는 베개에 눈을 묻고 잎사귀를 찾는다. 형광등이 켜지면 없는 나무는 조금씩 자란다. 방구석에 드리운 뿌리가 영원에 걸쳐 있다. 나는 오랜 시간 앓아온 나의 병이 낯설다. 새벽이면 개수대 앞에서 젖은 털을 털어내고 있다. 병이란 투명한 것일지도 모른다. 잘 보이는 것일지도 모른다. 하지만 나는 나의 나무에 익숙해지지 않아. 만져지지 않는 자신의 옆구리를 더듬는 이상한 나무. 숲은 어디에 있지. 깨진 유리병 속에서 백발이 자라고 있다. 아무것도 남겨두지 마. 나무여, 네 안을 걷다 보면 나의 젖은 발이 썩는다. 지하에는 많은 것이 있다. 오래전부터 흘러내리는 끈끈한 백설탕. 너무 달아서 끔찍하고 어지러운 꿈속에 있었어. 네 안인 줄 알면서도 내내 걸었어. 현실 너머의 초과된 세계로 흘러가는 문장들을 따라 걸었어. 끝도 없이 긴 공백이었지만. 나는 스무 살. 터질 듯한 공백은 어디에서 멈출까. 나무의 유령은 산책중독자. 공중에 도착하지 못해서 지하로 던져졌지. 시간이 멈추었지. 이곳의 하루는 끝나지 않는다. 나는 공중의 가파른 계단을 오르기 위해 매일 매일 운동했지. 조금씩 망가졌지. 잎사귀가 돋아나는 병. 가려워서 웃었지. 다행일 수 있겠다. 고통은 딱

딱한 물질이 아니야. 나무는 내부에서 그릇을 꺼내 눈물을
받아낸다.

# 미래 예찬

상실 없이 우리가 만날 수 있을까. 사람보다 깨가 좋아. 엉망진창이야. 너는 검은깨를 뿌리고 뜨거운 수프를 마신다. 너는 이상야릇한 괴식.

너와 나는 도래한 시간의 부역자. 장난감 숲에서 끝이 뾰족한 잎사귀에 찔리고. 당분간 만나지 말자. 희망이 없다. 철도박물관 앞에서 헤어졌지.

가장 먼 길에서 철도를 타고 돌아왔는데 나는 아무것도 본 것이 없고. 너는 자꾸 캐묻지. 잃어버린 게 뭐지? 나는 부서진 시계를 쓰레기통에 버렸다. 다 놓치고 와서 실수를 잊으려고 해.

사람들이 돌 위에 앉아 한 명씩 괴물이 되어가는 것은 본 적 있어. 흐르지 않는 강. 다리를 건너다가 빠져서 머리가 깨진 사람도 앉아 있었어. 서러워서 우는 것 같더라. 나는 철도역에 도착하자마자 내가 들고 온 기록을 보여주었는데.

삶은 감자에 깨를 뿌려 먹었어. 너는 감자 같은 얼굴로 말했다. 그만하자. 다 지겹다. 돌아선 너의 뒤통수가 조금씩 무너져 내리고 있었지. 나는 흙 묻은 장화를 벗고 맨발로 철도역에 서 있었는데. 백 년 동안 뭘 잃어버렸지? 현실에 버려진 너는 지팡이를 휘두르며 다시 캐묻고.

무언가를 잃어버려야만 만날 수 있나. 장난감 부속물들이 우르르 무너지고. 철도역 난간에 기댄 채 나는 발이 사라지고. 죽은 할머니를 오랫동안 보다 왔어. 돌 위에 앉아 찧기는 것 같더라. 온통 공사판이야. 삽날로 바닥을 내리치느라 시간에 금이 갔어.

침묵에 빠진 너는 살아남은 부역자의 얼굴. 철도역에 갇힌 내게 딱딱한 빛을 건네준다. 죽은 자들에게 집착하지 마. 가장 먼 곳에서 나는 모든 것이 적힌 노트를 끌어안고 있었는데.

플라스틱 곡괭이가 심연을 파내고 있다. 난 아무도 좋아하지 않아. 네가 괴물보다 사람인 것이 안타까울 지경이야. 너는 검은깨를 뱉으며 딱딱한 강을 건넌다. 몇 번의 전생을 함께 보낸 우리가 철도박물관에서 헤어졌다가 다시 헤어지려 한다.

## 도서관을 가면

어제 J가 자살했고, 라는 문장을 노트에 썼다. 아버지는 나를 실패한 인생으로 보는 것을 좋아했다.

모든 것이 아파도 죽음만은 평온해. J의 유서는 본 적이 없다. 꿈에 한 번도 나오지 않는다. J는 아직도 도서관에 다니고 있다.

노인들이 도서관에 잔뜩 모여 있다. 긴 시간을 끌어안고 웃고 있다. 그들은 가진 것이 많고 도서관은 기울어져 있다. 멈추지 말고 전진하세요. 세월을 뛰어넘어 도전하세요. 나는 언제나 반대로 말한다. 젊은이에게 위로받고 싶은 죽은 영혼들이 앉아 있다.

젊은 J는 자신의 젊음이 어리둥절했고 도서관에서 그녀의 하반신이 벗겨졌다. 다들 좀 죽어! J는 난간에서 소리 지르는 것을 좋아했다. 문신의 개수가 늘었고, 고통받을수록 웃었다.

도서관에서 망가진 육체를 견디며 그들이 책을 읽는다. 즐겁고 아픈 얼굴이다. 아버지는 죽음에 가까워질수록 신

을 사랑한다. 신을 남자라고 생각한다. 모든 권위는 성별
이 있다고 여긴다. 인간의 육체는 칠십 퍼센트가 물이라는
데 J는 자신을 빠져나온 검은 물이 숭고한 페이지를 물들
이는 것을 보고 있었다.

내가 죽었는데도 나의 물을 뺏어가는구나! J는 내 귀에
대고 웃으며 말했다. 나는 내 이름이 젖어가는 페이지를
보고 있다. 처음 보는 문자들이 번져갔다. 내게 유리컵을
건네며 죽음에 가까워질수록 물을 많이 마셔야 건강하다
고 말한다. 기울어진 도서관이 점점 물에 잠기고 있다. J의
물은 끝이 없었다.

# 나는 선생님이 아니다

선생님 이십대로 돌아가고 싶으세요?

아니요

0.1초도 쉬지 않고 대답하시네요 이십대인 내가 부정당하는 기분

나를 선생님이라고 부르지 마세요 나는 그저 쓰는 도구일 뿐 아무것도 모르네요 많은 이들이 내 안을 헤집고 다녀가지만 아무도 부정하지 않을 뿐

하지만 선생님 내가 죽었을 때 왜 오지 않았어요? 파헤치기 좋은 무덤이었을까요

나는 선생님이 아니에요 어둠은 빛나는 물질 깊고 아득한 그대는 무엇이든 아름답게 밝혔을까요 나는 내 안에 장례식장이 있고 어린 친구들도 내 안에서 모두 휘발유를 뿌리고 담배를 피워요 소각장은 불량하기 좋잖아요 내가 대신 불타오르고 있다고 믿었는데 대신이란 것은 없는 걸까요

그래도요 선생님 나는 선생님의 앞날을 봐주었어요 나는 살아서는 친구들의 운명을 점쳤거든요 사주비 대신 선생님의 심장을 받았죠 그런데 왜 내가 죽었다는 사실을 알려주지 않았어요? 선생님은 관 뚜껑에 못 박힐 때까지 버림받을 거라고, 후회만 쌓다가 아무것도 끝내지 못할 거라고 친절하게 내가 알려주었잖아요

기억나요? 그때 그대는 검은 패딩을 입고 맨발에 슬리퍼를 신었지요 내가 그대를 못 알아볼까 봐 아무것도 쓰이지 않은, 길고 긴 유서를 전해주었잖아요 온통 빛나는 것들뿐 커피와 쿠키, 병원의 창문, 어둠이 꽉 찬 복도 네가 나를 장악하면 고통이 묻어서 점점 더 길어질 거라고 비밀은 공유하는 게 아니라고 너인지 나인지 모를 누군가가 중얼중얼

실패한 것이 삶인지 죽음인지 모르겠다고 마지막 페이지를 덮을 때는 좋아지리라고 서로를 겹쳐보았는데

## 곰과 돌

곰이 제게 병을 옮겼어요

나는 직접 듣지 못했다

돌은 자기 말을 들어달라고만 했고 핵심은 버렸다

돌의 말을 믿지마 병은 어디서 옮았는지 모르는 거야

그걸 알면 옮지 않았겠지

나는 자다 깬 개가 내게 속삭여준 말을 생각했다

살아 있으면 무엇이든 옮는 거야

아무 일도 일어나지 않았다 그저 돌은

회전력을 높여 곰의 머리를 가격했다

찢어진 머리로 곰은 슬퍼했다

돌이 아파요 돌에게서 병이 옮았지만 아픈 돌이 더 걱정이에요

나는 곰의 말을 들었다

곰에게는 누군가 정해준 서사가 있었다

곰은 자신이 잘못했다고 여겼다

그렇다면 병은 어디로 간 거지

나는 잠시 고민했다

집중할수록 나는 훼손되었다

# 우리

절벽에 있어요. 절벽에서 술을 마셨어요. 절벽에만 있는 뜨거운 라면. 그는 금지된 라면을 먹었죠. 불꽃 안에서 타올랐어요. 이미 떨어졌어요. 두개골이 부서졌죠. 영감님, 마음은 마르고 뼈만 남았는데,

미광이 번쩍여요. 여긴 절벽. 노 스모킹 존이 되었는데요, 염소들이 우글거리는 나와 나, 의 공중. 그는 추락해서 괜찮습니다. 8월 늦여름, 을 기다리며 잠혈. 고통이 정말 나를 키울까요? 그저 시 제작자로 만들 뿐일까요? 절벽에서 길을 잃은 적이 있어요. 이곳은 절벽에 서 있는 것들이 무연하게 떠다니는 꿈이고 그것의 재현일 뿐일까요.

내게는 세 명의 아버지가 있어요. 모두 미쳐 있죠. 자기 자신에게 미친다는 것이 무엇인지 몰랐습니다. 나를 자꾸 절벽으로 밀었어요. 세 명의 아버지를 절벽 끝에서 버티느라 나는 검은 염소가 되었고요. 절벽에서 살아가는 일이 자연이 될 때까지요. 나는 라면을 먹지 않아요. 영감님,

이제 아무도 없는 디트로이트로 갈까요. 매일 절벽에서 서로를 죽이는 누아르 영화를 보던 때가 있었어요. 영감

님, 난 망한 도시가 좋아요. 고통을 느끼는 동물에게는 도덕적 지위가 있다고 하는데요. 척추동물인 염소는 아픕니다. 부서진 공중에서 살고요. 차경주, 이송현, 김용희, 박현민, 김수진, 한예진, 성혜현, 배설주, 박재현, 이영주 그리고 흑연의 끝에 붙잡힌 대머리 노동자여, 고장 난 차가 있는 북쪽으로, 북쪽으로.

# 백과 이

너의 편지가 탁자 위에 놓여 있다. 네가 끓여준 검은 물. 어둡고 따뜻해서 잠이 들었다. 편지가 젖었다. 너의 엄마가 되려고 했던 것은 아닌데. 나는 네가 끓여놓은 검은 해변에서 마음이 늙어갔다. 팔이 녹고 손이 녹았다. 이 바다는 왜 이렇게 뜨거운 거니. 너의 언니가 되려고 했던 것은 아니었다. 검은 바닷속에 잠기는 교회 안에서 요한계시록을 읽었다고 너는 웃었다. 계속 읽었다고. 너무 많이 읽어서 멸망이 시시해졌다고. 그래서 시를 썼다고. 부정성이 나의 독자야. 나는 녹아가며 너의 해석을 들었다. 바다 깊은 곳에서 검은 돌이 시를 썼다. 사라지지 않는 것도 있어. 복잡한 수명 주기를 가진 불가사리처럼 썼다. 위험한 생물은 왜 화려하게 반짝일까. 나는 상자해파리의 몸속으로 빨려 들어갔다. 우리에게서 가장 빛나는 것이 굶주림이라면 너는 어떤 불행이 될까. 너는 뜨거운 바닷속에서 먹혀가는 나 대신 썼다. 나는 너의 유서를 읽을 수가 없다. 우리는 카페에서 빵을 나눠 먹었지. 너는 검은 돌처럼 먹먹했지. 나에게 긴 편지를 주었다. 심해에는 눈이 없는 생물들이 가득하다. 아무것도 보이지 않아서 답장을 할 수가 없었다.

# 문예창작

슬픔은 아름답지만 오로지 슬픔만이 아이덴티티가 되면 어린이가 됩니다 진실은 우리를 갈갈이 찢어버리니까요 인간은 나약해요 사랑을 못 받을까 봐 전전긍긍하는 걸요 너무 크고 징그러운 사람을 사랑하면 그 사람이 망령이 됩니다 망령에 사로잡혀 있는 사람은 자기 마음을 모르죠 그를 사랑하면 모든 것이 갈려서 자신의 죽음을 알지 못해요 빛나는 관은 텅 비어 있고 마음은 영원히 죽지 못하는 형벌을 받죠

자신이 아무것도 아니어서 불행을 훔치죠 너무 촘촘해서 다행인가요 알아볼 수 없을 때까지 아무것이나 다 때려박으면요 어차피 원본이란 없어요 인정투쟁

우리 함께 오래 살아요, 라고 말해주는 어린 천사는 나의 주인입니다 우리는 불행중독에 빠져 있어요 왜 우리는 매번 이상한 맥락 속으로 빠져버리는 걸까요 왜 그곳에는 슬픔의 그물에 조각난 덩어리들이 모여 있을까요 괴물 같은 어린이들이 오줌을 싸고 있을까요 조각난 돌이 피를 흘리고 있을까요

## 2인칭의 자세

볼 수 없는 얼굴을 너는 자꾸 보는 척한다 그 얼굴을 따라 하고 싶어 한다 너는 텅 비어 있으니까 꿈 같은 건 없으니까 잘 망하고 싶다는 막연한 안부를 전하고 너는 자꾸 우는 소리를 낸다 다른 불행을 지어내서 열심히 울다 보면 무언가를 볼 수 있는 거니 나는 처음부터 그것이 궁금했다 너는 자꾸만 내 불행을 따라 하고 나는 점점 옷을 벗고 가벼워진다 고통이 없는 것이 불안해서 너는 식물의 뿌리를 자르고 화분에 머리를 박는다 그것이 너의 모닝 인사 화끈하게 어디에도 없는 하루를 시작하지 기분의 근원을 모르면서 긴 산책을 시작하고

그 길에는 아무것도 없다 아무것도 없어서 너는 이국의 숲의 정령들을 불러낸다 정령의 꼬리 끝에 딸려 나온 피 묻은 액자, 잘 벼려진 칼날, 쓰이다 만 족보, 네가 부러뜨린 어머니의 팔, 목 잘린 고양이, 낡은 노트, 불탄 새, 해변의 공장, 어디선가 본 듯한 소년들…… 이렇게 꿈에서 망가뜨린 목록을 늘어놓고 공포의 얼굴을 그려보려 한다 너는 무엇도 잘 보이지 않고 불행을 도둑맞은 나는 조금씩 지워지고 있다 아무것도 없는 길은 끝나지를 않아 너는 아픈 다리를 움켜쥐며 주저앉는다 근원을 체험하는 것은 불가능해

어머니는 인상적이지 않죠 좋을 때는 좋고 싫을 때는
별로 없었는데 그래서야 공포의 흔적이 어떻게 생기겠어
요 미안해요 어머니 팔을 부러뜨렸어요, 라고 쓰고 나서
너는 깊은 함정에 빠진다 너는 일기를 쓸 때마다 무슨 말
을 지어낼까 고심한다 없는 문자를 아무리 찢어도 부정의
얼룩이 생기질 않으니 너는 한 줌 연기처럼 사라지는 나의
목을 조른다 이 많은 고통을 어떻게 네가 다 가지고 가려
고 하지 너는 낮게 중얼거리며 내가 적힌 한 페이지를 구
겨버린다 손아귀에 점점 더 힘을 준다 나는 선혈을 흘린다
너는 그제야 떨어지는 얼룩들을 천천히 핥으면서 자신이
파국을 만들 수 있을 거라 믿으면서

# 인간 수업

우리 아빠는 그것을 먹어.
나의 말에 너는 배고픈 얼굴이 되었다.

나는 개의 곁에 가까이 가지 않았다.
그것은 가끔 나를 향해 이를 드러냈다.
꼬리가 부서지도록 흔들었다.

우리 엄마는 그것을 먹어.
너는 이제 귀를 막고 아무것도 보지 않았다.
가축은 먹는 것이다.
아빠는 그것에게 질 좋은 사료를 먹였다.

푸른 숲에 둘러싸인 자연의 내부에서 그것은 빛이 났다.
자연의 이웃집에는 그것들이 득시글거렸다.
모두가 허공을 향해 부서진 목소리를 냈다.

의인화를 하는 것은 너의 병이다.
마음을 파먹는 미생물도 있다는데,
인간이 된다는 것은 그런 것이다.
아빠는 엄마의 굽은 등을 문지르며 말했다.

그것을 먹고 나면
그것이 살아 있게 되었다.

너는 점점 더 부서져 두개골 안쪽을 바라보았다.

# 유기묘

모든 상자는 천국에서 만들어졌다.⤸ 유기물들. 상자를 좋아한다. 서로를 마구 긁었다. 상자 안에 누운 우리. 다시 태어나면 뭐가 되고 싶어요? 돌. 아니요. 생물 말이에요. 상자 밖으로 흰 발 하나가 빠져나와 있었다. 우리는 빨리 대답하지 못하고 불에 탄 물을 핥았다. 생물이라니요. 죽을 기회를 가진다니. 태어나고 싶지 않은데요. 여름에는 상자에 영혼이 고여 있다. 나무 같은 거라고 할래요? 잘 자라서 하늘에 닿을 것 같은, 오래 사는 그런 거요. 돌. 아니요. 시작도 끝도 없는 무생물 같은 것 말고요. 내력이 슬퍼서 평화로운 정지 상태는 없습니다. 고독한 우리는 상자처럼 차곡차곡 몸이 접혀가고 있었다. 피곤한 천사들이 깊은 지하를 청소하고 있었다. 이 축축하고 멀쩡한 영혼을 누가 버렸을까. 천사는 머리가 부서진 우리를 만지며 중얼거렸다. 솟아오른 발을 떼어내고 젖은 상자를 접었다. 상자를 좋아해서 들어갔을 뿐이었는데요. 어디로 가든 생장하는 힘이 문제예요. 움직이다 보니까…… 그러니까 돌. 고독한 우리는 남은 물을 엎지르고 지하로 떨어졌다. 폐허가 되어버린 땅에서 오래 사는 나무는 없어요. 모두가 들어가려 하는 천국의 지하였다. 훌쩍거리는 여름이었다. 우리는 붉게 물든 상자가 언제 다 찢어질지 알 수 없었지만 그곳에서 우리를 꺼내 올 수가 없었다. 잘린 발이 펄럭거리며 지하 바깥으로 뻗어나가는 것을 바라볼 뿐이었다. 자신을 버려두고 지하로 걸어 내려온 새로운 생물이 있었다. 불에 탄 발을 내밀고 있었다.

🌙 앨런 긴즈버그, 『울부짖음』 서문 변형.

## 나의 선교사

흑백의 지구가 굴러간다.

정확한 말이 없어서 사는 것 같다.

태풍이 오기 전에 너를 만났다.
너는 정글에 갔던 이야기를 해주었다.
짐승의 가죽들이 나뒹굴었던 새벽이었다고 했다.
아프리카인들이 멀리서 총을 들고 서 있었다고 했다.

그때 너는 오랜 기도문을 끌어안고 울었다고 했다.
빗속에서 너는 나의 손을 꽉 잡고 울었다.

나는 잠시
위험하고 아름다운 꿈의 세계로 들어갔다.
온몸이 피투성이가 되었다.

비가 오면 우리는 우산만큼 떨어져 걸었다.
헤어 나올 수 없는 긴 여행은
마음에서 시작되었다.

너는 다시 정글 속으로 돌아갔다.
나는 아무리 걸어도
신이라는 아름다운 바닥으로 갈 수가 없었다.

# 겨울 산책

이곳은 어디일까

걷는 동안
날씨는 추워지고
얼음은 단단해진다

너는 가끔 내게 알 수 없는 말을 했다
시간은 상자 같다거나
지독한 불행은 너무 우습다거나
시를 끊어야 한다거나

도시를 걷는 일은 편하다
사방이 거울이고
많은 이가 걸으면서
이상한 것을 비춰본다
얼음 위에도 마음이 있다
잘 보인다

태어나는 일 자체가 추문이라던 루마니아인은
걷는 일에 진심이었을까

죽음을 좋아했을까
너는 아프다고 나에게 말했다
나는 운동화를 샀다
너에게 걸으면서

아프다고 말해서 아름답다거나
그래도 인간이 싫다거나
싫어해서 그런 것이 좋다거나

알 수 없는 말이라서
천국 같다고 생각했다
너는 슬픔으로
나를 괴롭히지만

걷다 보니
얼음 위였다
투명했다

# 특산물

비 오는 오후에 언니의 봉제 인형을 들고 걸었다. 푹 젖으니 인간처럼 보였다. 인형의 목이 덜렁거릴 때마다 언니를 생각했다. 언니, 너의 뇌는 끝도 없이 외롭지. 아무도 정확히 알지 못해. 일기 쓰기를 그만두었다. 언니는 가라앉는 배 안에 있었다. 침대에 인형처럼 누워 있었다. 엄마는 병원 침대에서 언니를 낳았다. 양수의 시간에서 죽고 다시 태어나는 일. 나는 길거리에 서서 입 안 가득 귤을 넣고 우물우물 씹었다. 과일즙에서 비린내가 났다. 귤은 그 섬의 특산물이야. 언니는 창문을 열 수 없다고 했다. 그럼 영혼은 어디로 빠져나갈까. 배 안에 물이 차오를 때 언니는 내게 문자를 보냈다. 아, 아, 아…… 어린 나를 두고 섬으로 가려던 언니는 괴혈병으로 입에서 피를 흘렸는데. 인형에는 이빨이 없구나. 봉제 공장 사거리에 서서 나는 사방을 둘러보았다. 폭우가 쏟아졌다.

# 소설

낭만 과잉 소설을 읽다가 친구네 집 거실에서 잠들었습니다. 일어나보니 친구의 침대. 검은 고양이가 심장 언저리를 꾹꾹 눌렀습니다. 낭만적인 죽음에서 깨어났습니다. 친구네 집은 지붕이 있어요. 빗소리가 들립니다. 집은 집이니까 집 전체에 빗소리가 퍼지고. 이곳은 감금된 도서관 같습니다. 죽는 감각도 꿈의 일부. 낭만의 일부. 검은 고양이가 나의 운명을 길하게 만든다고 노인이 말해주었습니다. 나는 운명이 길할까 봐 검은색을 피하게 됩니다. 자는 동안에도 나의 생각은 축축해졌습니다. 비가 오면 친구의 집은 영원히 아름다워집니다. 나는 나의 집을 버립니다. 건물주 할머니 쪽으로만 검은 지붕이 있는 집. 지붕을 가져본 적 없는 길한 나의 운명. 낭만 과잉 소설을 끌어안고 누구의 집인지 알 수 없는 도서관에 있습니다. 빗소리. 쓰지 못한 소설. 영원한 수족관.

## 포스트

플랫폼에 시간을 묻고 서 있는 아이의 악몽. 세상은 나의 증언이야. 이것을 실패라고 보면 증언의 지평은 넓어지겠지. 우리는 무질서를 향해 나아간다고 했는데. 과학 시간에 배운 법칙은 쓸모가 많아. 슬픈 마음이 없는 사물의 세계. 시간을 묻고 나아가자. 생명은 화학반응일 뿐이니 마음을 담지 않으면 돼. 아이는 플랫폼에 오랜 시간 서 있다. 어디로 가야 할지 모르겠어. 무질서가 죽은 휴먼의 세계.

## 연인의 안부

그는 바깥에 서 있었습니다. 내가 사라지고 있는 안쪽의 풍경이 더 우수하다고 말해준 것은 영국 시인이었죠. 내 안에는 이렇게 보이지 않는 검은 해변이 가득한데. 검은 돌과 검은 물이 넘쳐나서 버스를 타면 젖은 그림자를 떨어뜨리곤 했었죠. 너는 바깥에서 버스 창을 향해 손을 흔들었습니다. 조심히 잘 들어가. 아주 작은 빛으로 멀어지면서요. 네가 서 있는 바깥은 그렇게나 따뜻한데, 나는 어디로 흘러가는 것일까요. 깊은 곳으로 부는 바람. 나는 노트에 적힌 영국 시인의 시를 지워버렸습니다. 만나면 헤어질 수밖에 없고. 안쪽이 더 좋다는 말은 늘 다정했던 너의 안부겠지만. 우리는 서로의 우는 얼굴은 싫어합니다. 네가 아름다운 빛을 흘리며 나와 멀어질 때. 버스를 타고 검은 겨울 속으로 내가 영원히 떠밀려 갈 때.

# 가죽공방

죽 누룽지 삶은 감자 미숫가루 수박
편지에 쓴 첫 문장이 좋고
이야기는 엉망이다
너는 천천히 버티컬을 내린다

무엇이든 망쳐질 수 있다
죽었고 버렸다
버렸고 죽었다

비가 쏟아지는 한밤
벼랑

비가 와서 좋았지
죽을 정도로

우리는 서로에게 다가갈 수 없다
문 닫은 가죽공방
각자의 벽에 걸려 있다

저절로 내부에서 굳어가다니

박제인간

서로를 잊기로 하자
편지를 찢고

창밖
모든 것이 젖는다

무언가를 잃어야만 변할 수 있다면
서로 잃을 게 없어서 변하지 않는 것인가
마음이 달라지면 가죽에 윤기가 돌까

벽에 걸린 가죽이 백 년 동안
조금씩 녹아가고 있다
구멍 뚫린 눈에서 물이 흘러나온다

# 없어졌으면

다정한 얼굴들이 사라지고

꿈에 힘이 없어진다

없어졌으면 하는 생각이 든다

악몽은 자꾸자꾸 태어나니까

매일 버리다 보니 내가 많아져서

그릇처럼 텅 빈 얼굴이 된다

무릎 꿇은 사랑은 사랑이 아니라고

고전에서 읽었지

으깬 토마토를 먹다 말고

맞은편 빌딩에서 떨어지는

한 사람을 보았다

# 사슴농장

한 문장을 쓰려고 불행을 들춰본다
쓴다는 것이 불행의 소비일까


어린 나는 사슴뿔이 잘리는 장면을 보고 있었다
어른들은 줄을 서서 뜨거운 핏물을 벌컥벌컥 마셨고
나는 다리 사이에 고개를 묻고 토했다


사슴의 뿔은 또 자란다
끝나지 않는다


나는 사슴의 눈은 보지 않았다
토사물을 흘리며 밑을 보았다


불행에 관해서라면 자신 있어요
나의 말에 늙은 그는 나를 벗겼다
싸구려 피부를 가지고 나를 만나러 오지 마
그는 뼈가 드러난 나를 끝없이 벗겼다


이런 이야기를 쓰다 보면
손에서 딱딱하고 두꺼운 털이 수북하게 자란다

모든 것이 두꺼워지고 있다고 생각했다
살아남으려면 과거를 버려야 해
나를 죽이고 나를 불태워야 해
정수리가 뿔이 돋은 듯 부풀어 올랐다

밤마다 겨드랑이 사이에서 털북숭이 손을 꺼내
한 문장을 쓰기 시작했다
쓰기 위해 자라나는 시간이 있지

나는 긴 목을 꺾어 너머를 바라보았다
이 광대한 숲이 언제 불타오를지 기대했다

# 심해

에이는 만신창이예요. 심해에서 나온 적이 한 번도 없습니다. 퇴화된 눈. 아름다운 물고기들. 그를 감싸고 있어요. 심해에는 아무도 눈이 없고, 의미 없는 물질은 녹습니다. 에이의 마음도 그렇습니다. 중간계가 없습니다.

도시에서 태어난 나는 그를 찾아 긴 산책을 시작했습니다. 깊은 바다로 갔다는데요. 산책만으로 그곳에 도달할 수 있을까요. 그가 한 번은 죽었다고 생각합니다. 마음이 퇴화했습니다. 고층 아파트에서 떨어져도 모든 중력은 부드러울 거예요. 나는 테라스에 기대어 아스팔트 바닥을 바라봅니다. 눈 없는 물고기. 에이가 밤의 공중을 헤엄치죠.

새벽에는 청소차가 골목을 깨웁니다. 봉인이 깨지고 모든 냉소가 사라지는 시간. 조각난 마음의 무늬를 에이는 냉소라고 불렀습니다. 에이는 나를 부드럽게 안고 바다보다 더 깊은 바닥으로 들어갑니다. 만신창이 물고기와 침을 나누며.

중력은 사라지고 산책은 끝이 없습니다. 그곳에는 마음이 모여 있습니다. 중간계가 없죠. 부글부글 끓어오르는 바다 거품들.

부록

# 펼친 책

1.

나는 겨울을 좋아한다. 춥고 얼어서 걸어 다니는 것을 좋아한다. 털모자를 쓰고 패딩을 입어야지. 안경에 드리우는 한기를 좋아한다. 겨울에는 두꺼운 이불을 숨 막히도록 덮고 죽음처럼 잠에 드는 것을 좋아한다. 나만의 작은 관. 말랑말랑하고 따뜻하고 천천히 심장을 내리누르는 이불 관. 겨울에는 혹한에 나를 버려두는 것이 좋다. 정신이 번쩍 들고, 서늘한 세계에서 해체되는 감각이 있다. 나는 나를 바라본다. 냉동인간이 있다.

2.

냉동인간. 어느 책에서 건진 말. 책은 미친 냉동인간들이 읽는 것이다. 사사키 아타루의 말처럼, 책을 깊게 읽는다는 것은 미친다는 것이다. 한겨울, 침엽수림이 가득한 숲에 혼자 던져진다는 것이다. 배고픈 들짐승들과 불안과 공포를 견딘다는 것이다. 너무 아름다운 자연 앞에서 공황을 느낀다는 것이다. 심장이 뜨거운 것이 싫어서 모든 육체를 얼려버리는, 유리처럼 부서지는 사람들이 읽는 것이다. 냉동인간은 책을 읽으며 찢긴다.

3.

삿포로에 간 적이 있다. 그와 함께였다. 그와 함께 살기로 결심한 겨울이었다. 한국에서 심장을 얼리고 싶은 삼십 대 냉동인간 여성이 혼자 산다는 것은 무엇인가. 지역 레지던시에 머물다 보면 발코니로 넘어오려는 타인이 있고, 자정이 넘으면 내 그림자를 짓밟으며 문 앞에서 호흡을 흘리는 타인이 있고, 새벽에도 전화해서 자신의 욕구를 강요하는 타인이 있다는 것이다. 나는 목청이 큰 사람이 되었고, 밤이면 문 앞에 아버지 신발을 더 가지런히 놓았다.

냉동인간은 아버지의 신발 대신 그와 살기로 결심했다. 함께 삿포로에 가서 지옥라면을 먹고 폭설에 갇혔다. 나는 심장이 뜨거운 냉동인간. 폭설에 갇혀 행복한 책. 그는 흥분한 냉동인간이 폭설 안으로 잠겨 들며 환희에 미치는 것을 보았다. 그는 아마 예감했으리라. 냉동인간의 심장이 냉동의 육체를 녹이리라는 것을.


4.

나는 다시 사람을 사랑하기 시작했다. 책처럼 사람을 펼치기 시작했다. 몇 권의 책은 기원까지 들어가려고 내 몸을 깎아냈다. 책을 읽지 않아도 나는 찢어졌다. 그와 나는 지구의 반대편에서 각자의 책을 읽었었지. 나는 야만적인 자연을 벗어나려고 애썼고, 그는 자연의 거대함을 품에 안았다. 우리는 먼 곳을 돌고 돌아 한겨울, 홍제천에서 함께 걸었다. 나는 사람이라는 책을 읽을 용기가 생겼다. 그리고 부적처럼 이 문장을 노트에 적었다. 만날 사람은 만난다.


5.

어린 책들이 내게로 와서 축축하게 글자들을 흘렸다. 그 글자들을 줍느라 나는 내내 허리가 굽었다. 빛나고 어두운 이국의 언어들. 뻣뻣한 냉동의 육체는 이미 녹아서

웅덩이에 빠졌다. 웅덩이 안은 지독하고 답답했다. 나는 내 안의 더러운 염증들까지 그 웅덩이에 묻고 또 묻었다. 어린 책들은 살벌하고 서늘했지만 읽을수록 매혹되었다.

6.

내게 한겨울이 사라졌다. 나는 냉동인간이 아니었다. 여름만 있는 계절이었다. 온갖 서글픈 냄새가 깎인 내 몸에서 흘러나왔다. 나는 이상하게 미쳤다. 아버지의 신발 대신 그를 만났는데, 폭력적인 세상에 아무 잘못 없는 존재를 내보내고 싶지 않아서 홀로 얼었는데, 어린 책들은 언제나 열려 있었다. 그들을 읽어내느라 오천 년을 살고 있었다.

7.

이게 아닌데. 이렇게 오래 읽을 일이 아닌데. 펼친 책은 끝에 다다르면 덮게 된다. 다 읽지 못해도, 책은 스스로 자신을 덮을 때가 있다. 어린 책들은 용감하고 스스로 움직

인다. 각자 갈 길을 간다.

8.

나는 오천 년을 살아내느라 많이 울었다. 침엽수림이
가득한 시베리아와 북아메리카 대륙의 북쪽에 있었다. 얼
룩진 북극해에 떠 있었다. 얼음조각이 떨어져 있는 숲에
있었다. 척박한 땅에서도 잘 사는 나무들 속으로 들어가
있었다. 낙엽 속에 함유된 질소가 탄소에 비해 적기 때문
에 미생물에 의한 분해가 잘 되지 않는 나무 안에서 울음
을 얼리고 있었다.

9.

머릿속이 하얀 안개로 가득 차고 어지럼증이 심해졌을
무렵. 책표지는 닫혔다. 스패너나 망치로 깨야 한다. 줄지
어 선 측백나무들. 춥지? 추운 곳은 좋아. 냉동인간이 살기
에 좋아.

10.

붉은 표지의 첫 책들. 모두 닳았다.

11.

애도는 언제까지 가능할까. 애도는 언제 끝이 날까. 겨울은 펄프지로 감싸자, 고 언니는 내게 편지를 보냈다. 그때는 언니가 실족하기 위해 계단을 오르는 사람처럼 보였다. 침엽수로 펄프를 만든다는 정보를 알려준 것도 언니였다. 식물을 구성하고 있는 섬유를 추출하여 모은 것, 그게 펄프야. 겨울 숲의 한가운데서 서로를 감쌀 수 있는 것.

12.

아주 오래전부터 나는 애도의 인간일지도 모른다. 우리는 모두 그렇지 않을까. 열일곱, 동경하던 언니가 한밤중에 계단을 오를 때마다 내 심장은 미친 듯이 뛰었다. 과호흡이 되었다. 겨울로 도망가고 싶다고 생각했다. 냉동인간이 되고 싶다고 생각했다. 계단 끝에 서 있는 언니를 냉장

고에 넣고 싶었다. 언니가 얼게 되면 아무 일도 일어나지 않아. 나는 게보린을 많이 먹었다.

13.

겨울을 향해 흘러가는 하늘이 두꺼워지면 언니 생각이 많이 났다. 가을에는 구름이 통통해. 숨결로 가득 차 있어. 홍제천을 걸었다. 얼마 전 폭우로 다리가 잠겼지. 재난은 인간에게만 해당된다. 물이 모두 얼고 도서관이 불타면 애도가 끝날 것 같다. 홀로 두꺼운 솜이불을 두르고 침엽수림 사이에서 잠들면 어떨까. 시베리아에는 언니가 오르려는 계단이 있을지도 모른다. 캐나다의 산맥은 높고 푸르다. 폭포가 얼고 나면 언니가 부서진 얼음조각으로 폭포 기둥에 기대어 있겠지.

14.

이제 얼어붙은 책표지를 깨기 위해 망치를 들지 않는다. 책표지는 닫혀 있을 권리가 있다. 텅 빈 글자들은 잠들

권리가 있다.

15.

어린 책들은 스스로 펼쳐진다. 나는 오천 년. 냉동인간이 되어 죽음의 캡슐로 가겠지. 책 안으로. 우리는 모두 미쳐 있고 아름답다.

– 주석 1

내게는 언니가 많다.

S언니 앞에서 울 뻔했다.

다정하게 위로하는 시를 쓰고 싶었어. 슬픔을 세세하게
펼쳐놓고 한 호흡마다 이름을 붙여주고 싶었지. 원해서 태
어난 것은 아니었지만 고통을 바라보고 느끼고 그것과 함
께 견디라는 누군가의 정언명령이 있었을 거야. 그렇지 않
을까? 우리의 삶이란 것은 그런 무엇이 있지 않을까?

그것이 나에게 필요한 것이었는지는 모르겠어. 그냥 이
곳에 있는 것. 떠밀려와서 눈을 뜨니 이곳인 것. 이유가 있
고 혹은 없는 상태로 그냥 태어났겠지. 태어났고 죽어가니
까 시를 쓰게 되는 거. 시를 쓰면 시간의 세세한 갈피마다
언어의 호흡이 스며드는 거. 숨을 쉴 수 있고, 더 깊은숨을
만들고, 더욱더 깊은 곳에 내뱉곤 하지.

언니,

나는 위로하는 시를 쓰고 싶었어. 그런데 내가 쓴 시들

은 다 왜 이럴까? 내가 쓴 시들은 왜 이렇게 다 끔찍하고 씁쓸하고 격정적인가. 다정하고 천진하고 따뜻하고 날렵한 손길은 다 어디 갔을까.

나는 내가 너무 무거워서 가끔 나를 들어 올리려고 하는데. 큰 소리로 웃고 장난치고 처음 만난 사람에게도 친밀하게 구는 데 선수. 그러다 가끔 선을 넘기도 하지만. 나를 들어 올려서 저 멀리 던져버리려고 하는데. 알 수 없는 깊은 곳으로 계속 추락하는 나는 내가 들어 올리기에는 너무 무겁지.

시를 읽고 쓰게 되면서 나는 더 무거워진 걸까. 얼마나 더 무거워져야 소멸할 수 있을까. 지루할 틈 없이 많은 갈등과 고통 안에서 뱅뱅 돌았는데 나는 왜 삶이 지긋지긋할까. 뻔하고 뻔한 이 삶의 여정에 시라는 모자를 쓰면 얼마나 근사할까.

언니,

나는 시를 쓰면서 다정하고 천진하고 따뜻하고 날렵한 손길을 꿈꾸었는데. 내게는 이런 것이 있어. 둔중한 망치와 해머, 철근과 작업장, 어두운 뒷산과 헤드라이트, 지팡이, 돌, 그리고 은빛 호루라기.

그런데 언니,
언니는 너무나 간단하게 이렇게 말해주었지.
괜찮아. 죽고 싶은 사람 많아.

언니의 표정은 해맑고 투명해서
나는 잠깐 멈칫했어.
창문 뒤로 쏟아지는 늦여름의 햇살.
밖에서 안으로, 우리의 자리로 불어오는 바람.

– 주석 2

　시를 쓸 때마다 슬픔에 대해 쓴다고 생각했다. 이유는 없다. 나는 슬픔을 쓰려고 살아 있는 건지도 모른다고 여겼다. 네가 말하는 그것이 무엇이냐고 물으면, 나의 슬픔은 설명할 만한 것이 못 된다고 대답할 수밖에 없다.

　나는 반어와 역설의 인간. 늘 웃고 있거나 화내고 있다. 웃음과 분노. 반어와 역설의 지평에서 열린다. 같은 것일까. 나는 잘 웃고 화를 잘 낸다. 하지만 시원하고 행복하게 웃어본 적이 없고, 모든 것을 바쳐 화를 내본 적이 없다.

　투명한 것이 두렵다. 투명한 것들에게 지지 않으려고 나를 마구 휘둘렀던 적이 있다. 하지만 투명한 것은 상태일 뿐이다. 어떤 조작도 기술도 없다.

　투명한 슬픔에 대해서 쓰려고 시를 읽고 썼는데 친구에 대해서 쓰려고 시를 쓴 것 같다. 친구는 잊으려고 했는데 나는 멈추지 않고 시를 읽고 쓰고 있다. 나는 반어와 역설의 괴물. 늘 잊고 그리워한다.

　삭제와 복원. 삭제는 투명하고 복원은 지저분하다. 친구에 대해서 쓰려고 시를 읽고 썼는데 시간을 부수려고 시를 쓰는 것 같다. 친구라고 여긴 적은 한 번도 없었지만 모두가 다 내 친구였다. 친구는 멀어질수록 좋다. 모두가 적이 되면 좋다. 형진아, 너는 예외야.

적에 대해 쓰려고 시를 계속 썼는데 공간에 대해 쓰고 있다. 마음이 있음을 증명하기 위해 고통을 밀어 넣어 공간을 만들었다. 나는 반어와 역설의 시멘트. 딱딱하고 물렁하니 이 건물은 곧 무너지겠지. 무너짐은 시인이 가장 잘하는 건축이다.

아침달 시집 26

그 여자 이름이 나하고 같아

1판 1쇄 펴냄 2022년 11월 11일
1판 3쇄 펴냄 2024년 10월 10일

지은이 이영주
큐레이터 김소연, 김언, 유계영
편집 송승언, 서윤후, 정채영, 이기리
디자인 정유경, 한유미

펴낸곳 아침달
펴낸이 손문경
출판등록 제2013-000289호
주소 04029 서울시 마포구 양화로7길 83, 5층
전화 02-3446-5238
팩스 02-3446-5208
전자우편 achimdalbooks@gmail.com

© 이영주, 2022
ISBN 979-11-89467-72-2 03810

값 12,000원

이 책은 서울특별시, 서울문화재단 '2021년 창작집 발간 지원사업'의 지원을 받아 발간되었습니다.